그미

그미

진종한 시집

51

시와정신시인선

시와정신사

■

시인의 말

 '그미'가 무슨 말이냐고 많이들 묻곤 합니다. 사전적 의미는 주로 소설에서 '그녀'를 멋스럽게 이르는 말이라고 되어 있습니다. 그러나 나에게 있어 그미는 단순히 어떤 여성만을 뜻하지는 않습니다. 내 마음속에 스며들어 있는 모든 사람이라고 여기고 있습니다. 오늘의 나를 있게 한 정말로 고마운 분들입니다.

 제 나이를 말하기는 좀 그렇습니다만, 금년이 흔히 말하는 고희古稀가 되고 종심소욕從心所欲 불유구不踰矩의 때라고 합니다. 적잖은 나이이고 마음이 원하는 바를 따라도 조금도 법도에 어긋남이 없다는 말인데 저에게는 아직 어울리지 않는 말인 듯싶습니다. 그저 별다른 성취 없이 나이만 먹고 철이 덜 들고 마음 또한 어리기 때문입니다.

 나의 시詩는 어릴 적부터 가슴에 품고 키워왔지만 제대로 공부하지 못해 많이 부족함을 알고 있습니다.

2009년 등단 이후 몇 차례 그동안의 글을 묶어볼까 고민도 했습니다만, 아쉬움이 클 듯하여 미루다가 여기까지 왔습니다. 이제 이번을 기회로 마음을 다잡도록 하겠습니다. 계속하여 시작詩作에 정진하기로 다짐해 봅니다.

그동안 어쭙잖은 글을 놓지 않고 계속 쓸 수 있게 용기를 주신 선생님들, 가족들 그리고 여러 친구들 등 내 주변의 사랑하는 그미들에게 진정으로 감사하다는 말씀을 꼭 드리고 싶습니다.

모두 행복하시길 빕니다.

2024년 봄을 맞으며
진종한

차 례

005 시인의 말

___ 제1부

013 네 잎 크로버

014 사과

015 지금 너는

017 벚꽃에 1

018 동학사東鶴寺 벚꽃나무

019 전민동 벚꽃

021 개나리

022 봄비

023 찔레꽃 1

024 찔레꽃 2

025 성하지절盛夏之節에

027 22년 9월의 핑계

029 낙엽, 가을에

030 가을, 문병問病을 하고

032 겨울, 눈

034 동목冬木

035 야반도주夜半逃走

____ 제2부

039 길가에 핀 꽃

041 숲속에서

042 무화과無花果

043 백일홍百日紅

045 갈대

046 덩굴장미

047 섬

049 구름

050 예산禮山에 내리는 비

051 정년퇴직停年退職

053 두더지

054 낙지

055 지렁이

056 창窓 너머 파리

058 탁란托卵

___ 제3부

063 벌초伐草를 하다

065 난분蘭盆을 만지며

067 다주茶澍에게

069 우주宇澍에게

071 캔버스에 맺힌 물방울

073 노실爐室의 테라코타

075 묘소墓所에서

076 아름다운 추억

077 비에 젖은 자전거

078 잠시 비행飛行, 그대 꿈꾸다

080 시골 이발소

082 지뢰地雷찾기

083 호접몽胡蝶夢에

085 사우나탕에서

086 출발

088 오늘 새벽에

090 밤 주우러 갔다가

092 코로나 19 풍경

093 바보고기의 변명

____ 제4부

097 고향 여배리余背里에서 1

099 고향 여배리余背里에서 2

100 템플 스테이, 계룡甲寺에서

103 청양에서 1

105 청양에서 2

107 청양에서 3

108 금강錦江 하굿둑

109 새벽 바다에는

110 솔숲에도 골목 있다

111 장항長項 솔밭 솔가실에는

112 부여扶餘 능산리陵山里 풍경

114 가을, 봉대미산

116 한산韓山 모시 문화제에

118 봄, 도솔산兜率山에서

119 빈계산牝鷄山 능선에서

120 남간정사南澗精舍에서

122 울릉鬱陵 태하리台霞里에서

124 베네치아에서

126 초파리 사랑

128 ㅣ 나와 나의 문학여정 ㅣ 진종한

____ 제1부

네 잎 크로버

세 잎 행복이니 네 잎 행운 되었다

두런두런 마주한 모습 푸른 빛 또한 곱다

밤안개 머물렀던 자리 아직 맑은 향

쪼그려 앉은 내 무릎 아래 수줍게 숨은 인연

찬찬히 헤집는 손길 스치듯 지나서는 찾을 수 없다

어리고 여렸던 그미, 분명 행복 속 행운이었다

짝 이룬 네 잎 같이 평생을 함께 하고 싶다

사과

사과나무 부리에 앉아
바람 꼬리 흔들고 있었다
혹여 너 보일 수 있을까 해서

따가운 땡볕
이 매달림 아느뇨

지난 해 아쉬웠던 추억
상기된 얼굴빛
한 입 가득 과즙

그미

너 기별 없어도 나 자꾸 익어만 가고
너 또한 내 안부 그리 알리니

오늘
하늘 더 높아
양손 툭 놓아버리고 싶었다

지금 너는

난
너
지금
어디 있는지 안다

그 길 모퉁이
빨간 전화통 앞

지금
걸었다 놓곤 하는 소리에
네 심장 고동소릴 맞추려 하고 있음을

세다 지친 계절만큼
마음대로 안부 묻지 못하는
안보이지만 느껴지는 네 마음

나는 안다

넌

오늘도

내 마음 기다리고 있음을

벚꽃에 1

친구는 벚꽃이라 불렀다

꽃 필 무렵 밤마다 벗 생각 잠들지 못했다

앞이 보이지 않던 캄캄한 어둠 속

잎도 나기 전 어설픈 악수로 헤어져

바람으로 세상에 뿌려진 그 벗들 다시 궁금한 것이다

그들 지금 세상의 그늘 노래하고 있다

칠갑산 장곡사 가는 길가 벚꽃들

오늘 밤 또 달빛 꽃가지에 희게 휘어지며

친구 머리맡으로 부서져 내릴 것이다

동학사東鶴寺* 벚꽃나무

봄 밤비 내리는
동학사 나오는 십리 길
삼월 물 오른 벚꽃나무로 덮였다
벚꽃나무로 쌓였다

인적 드문 까만 밤
동학사 나오는 십리 길
추억이 까맣게 각인된 벚꽃나무와 걷는다
벚꽃나무 얘기로 걷는다

가슴 꿈틀거리는 이 봄 밤
뿌듯한 환희의 잉태는
벚꽃나무 가지 새 순 봉오리에 달렸다
벚꽃나무 꽃망울에 숨었다
봄 밤비 내리는 동학사 나오는 십리 길
벚꽃나무 까만 옷에 살 하얀 사람과 걷고 싶다
화사한 흰 꽃 피울 벚꽃나무 되고 싶다

* 동학사(東鶴寺) : 충남 공주시 반포면에 있는 사찰로 계룡산 동쪽 자락에 있
으며 서쪽의 갑사와 함께 계룡산을 대표함. 한국에서 가장 오래된 비구니 승가대
학僧家大學이 1860년에 문을 열었음.

전민동 벚꽃

하루 열며 지나는
전민동 아파트 뒤 둑방길
지천至賤으로 흐드러진 벚꽃
봄이 왔다

검은 가지 거죽을 찢어
겨우내 참았던 바깥 궁금해
머리 내미니 눈부신 풍경
보니 봄이다

여름엔 한 무리 은하수였으리
다음엔 적막한 별이었다
죽었다 다시 살기를 몇 차례

봄이 벚꽃으로 왔다
봄꽃 그 화사한 그늘 아래
바투 다가앉은 나

바람이 무연히 분다
한들거려 떨리는 허공의 아지랑이

우수수 떨어지는 그리움 한 다발

봄은 길가 벚꽃에서 온다
질긴 새 꽃에 간직한 생명 불씨처럼
내 사랑 가까이 있는 것처럼

개나리

아직 때 이른 계룡산* 가는 길
봄 색
노랑의 보색이라고 치자
주위 소나무 열정 푸르고
오늘 하늘 쪽 마음 맑기에

개나리, 양지바른 곳
이제 몇 가닥 머리 빗고 있다
마디마디마다 맺힌
설렘의 손질이겠지

아직 가져보지 못한 사랑
바람이 흔들어 빗겨주고 간다
전율처럼
봄, 첫사랑같이

* 계룡산(鷄龍山) : 충남 공주시와 논산시, 계룡시 그리고 대전 유성구에 걸쳐
있는 높이 845m의 산이며 1968년 12월 31일에 2번째 국립공원으로 지정되었음.
천왕봉과 연천봉, 삼불봉을 잇는 능선이 닭의 볏을 쓴 용을 닮았다 하여 계룡산
이라는 이름이 붙여졌음. 계룡산에는 동학사, 갑사, 신원사 등 유명한 사찰이 있
으며 국어교과서에 소개되었던 남매탑이 있음.

봄비

멀리에서 왔잖아
좀 머물다 가시게

오랫동안 기다렸잖아
천천히 좀 있다 가시게

이렇게 꽃 다 피워놓고
그 꽃, 대지 다 적셔놓았는데

그래도
굳이 가시겠다면

저기 산하, 내 마음처럼
연록 가지 끝에라도 좀 매달렸다 가시게

찔레꽃 1

한 움큼 벌 떼 서성대고 있었다
푸른 바람에 얹힌 맑은 향기
차마
속 비집고 들어갈 수 없었던 거지

한 움큼 벌 떼 미끄러지고 있었다
연록 가슴, 흰 치아
도저히
궁금해 참을 수 없었던 거지

꽃 피어 물은 안부
초여름 이 꽃 지면
또 한 움큼 내려놓겠지
내 그리움처럼

지금
가시덤불 속 화사花蛇 한 마리
부끄러워 몸을 감는다

찔레꽃 2

    칠갑으로 오기 전 지난 해 사랑하는 후배가 멀리 경남 창원에서 장사익의 '찔레꽃'을 보내왔었는데 오늘 그 노래 들으며 장래 사람의 일이란 참 가늠하기가 어렵다는 생각을 또 하게 되었네 내가 그이의 고향 이곳 청양에서 찔레꽃 보며 그 노래를 차마 들으리라고는 예상하기 어려웠었기 때문이지 그런데 문제는 찔레꽃에 대한 느낌이 외롭고 슬픈 것만이 아니었음이다 그것은 우리가 대충 '그러하겠지'라고 미리 추측하는 것일 뿐이고 가끔은 오늘 나처럼 다리 짧은 이가 이렇게 찾아와 여린 순 꺾어 먹으려다 가시에 찔려 뚝뚝 떨어지는 붉은 피의 단맛을 추억처럼 느끼기도 하고 저수지에 놀던 꽃뱀도 꽃 무덤 속에서 지금 오뉴월 햇볕 피해 몸 감고 지난날들 반추하고 있질 않은가 그래서 오늘 청양 찔레꽃은 지나는 바람에 몸 맡기고 있어도 결코 쓸쓸하거나 고독해 보이질 않는 것이지

성하지절盛夏之節에

이 무렵
배롱 연못가 지키던 봄 개구리
밤새 미루나무 타고 올라
꼭대기 빨간 총각 매미로 울고 있다

뜨거운 하늘 소리 듣고 싶어서일까
아니면
혼자 사랑을 꿈꾸다
야합野合까지 생각해서일까

이 계절 지나
그리움 떨어져 연못에 쌓여 덮여지고
하늘 더 가까워지면
머물렀다 사라지는 순리 알게 되겠지

그러기에 우리 결실 없더라도
그저 바람에 잠시 비켜두는 것일 뿐
시련이라 생각하지 말자

그미
그곳에는 아직 따뜻한 별 뜨겠지
오늘도 흰 손수건 땀 닦으며

22년 9월의 핑계

원고 청탁이 왔다
'9월 말일까지 시 두 편 보내길'

지난 8월 말일까지였다면
9월보다 하루가 더 많아 훨씬 여유 있었을 텐데

지난 여름 바람 불고 더웠던 8월은 쓸데없이 서른 한 날 이었는데
이렇게 하늘 좋아 청명한 햇빛 9월은 서른 날밖에 없으니
글 쓸 시간이 없다
괜히 하루가 아쉬운 거다

9월은 참 바빠 좋은 달이다

추석 명절 가족들 만나 정담 나눌 수 있어서 좋고
고향 들러 성묘하며 조상님들 흔적 살필 수 있어 좋고
친지 친구들 애경사에 조의와 축하 안부 확인할 수 있어 좋고
점심에 수통골 계곡 그늘에서 친구들과 막걸리로 얼콰해 질 수 있어 딱 좋고

덥지도 춥지도 않아 시간 가는 줄 모르고 늦게까지 저녁
모임 할 수 있어 좋고
아파트 정원 익어가는 붉은 감 보고 귀향한 친구 생각도
해 보고
딸내미가 사 준 자전거 타고 대청댐 다녀오기도 좋고
옛날 추억 서린 장항 솔숲 다녀올 수 있어 좋고

그러면 밤에 글 쓰면 되잖아
밤엔 잠 자야지
달나라 별나라 가서 집 짓고 그미와 오순도순 사는 꿈도
꾸고

이렇게 하루하루 미루다
덜 미더운 사람이 되어버린 나
아쉬운 날 수만 세고 있다

9월 마지막 날 허둥대고 있는 것이다

낙엽, 가을에

우리 꼼짝 못하는 소경임을 아는 것은
보지 못함을 그들이 말해주기 때문이다
그들은 눈뜬 채로

지금 물관부 속 흘러내리는 추억들은
그들도 눈치 채지 못할 것이다
그래도 우리는 그들처럼 못 본다고 하면 안 된다

우리에게 보이는 이 빛나는 가을도 가끔
그들에겐 보이지 않을 수도 있기 때문이다

가지 끝 단풍으로 앉은 가을
이제 모두 떨구어 비워놓자

누렇게 말라 떨어져버린 노랬던 낙엽
마지막 내리는 가을비에 젖어
땅 속 침실로 스며들고 있었다

가을, 문병問病을 하고

엊그제 찾아 본 그 친구
지금 저 산 단풍 같았다

광합성 그쳐 밥 한 숟갈
뿌리 수분 끊겨 물 한 모금 어렵다고

혹여 떨켜*라도 완성되는 날
그도 낙엽 되어버리려나

한 나무와의 이별보다
숲과의 영원한 헤어짐이 두려운 거다

버텨 보자 했다
혹독한 바람 견뎌내는 겨울나무처럼

그리고
옆 나무뿌리 찾아 땅속 어깨동무하고
제자리 팔 벌려 뛰기 하며
내년 봄 맞자고

돌아오는 길
언젠가는 우리도 뚝 떨어지는 날 있겠지만
그 친구와 한여름 초록빛깔 자꾸 생각났다

아직 서리 이른데

＊ 떨켜 : 낙엽이 질 무렵 잎자루와 가지가 붙은 곳에 생기는 특수한 세포층.

겨울, 눈

1

흩어져
날려 내려
마을에 쌓이는 눈

얼어 붙은 냇가
손때 까만 팽이
채찍질에 놀라

차가운 비명
저수지 얼음 밑으로
녹아 들다

2

갈대 잎새
내
린

눈

줄기 타고
녹
아
내
려

마른
뿌리로 흐르다

동목冬木

흰 옷 차려입고
素服素服

작은 소망 하나
小福小福

그미 줄 복 불러본다
召福召福

밤새 눈 동목冬木 덮고 있다
소복소복

야반도주 夜半逃走

엊그제
묘소 잔디 옆 양달에 내린 눈
밤새
응달로 자리를 옮겼다

눈은
얼마 전 떨어져 쌓인 낙엽들 감싸 안고
검정 밤나무 그늘 아래
얼어 파리한 친구를 사모했다

둥근 얼굴 햇님보다
산등성이 고목枯木 고드름이 더 좋아
산 그림자 속 칼바람보다
온기溫氣 있는 가슴 볕살은 너무 싫어

그리하여 눈은
더불어 얼어 눈으로 오래 남으려
실려 온 바람을 핑계로 하여
야반도주를 했다

_____ 제2부

길가에 핀 꽃

어제 그 길가에 핀 꽃
수줍어 고개 돌려 스치듯 나 보더니
오늘 먼저 눈길 주네
밤새 무슨 생각 있었을까

빛깔마저 무슨 사연 있겠지
그 자리 고집하는 이유까지
내게 할 말 있는 걸까. 혹시
바람에 맡긴 몸짓 알 수가 없다

피면서 시듦을 챙겨야 하는 너
어제보다 창백하다
가을 한낮 말리어도
그래도 골 주름 생기지 않아 다행이네

내일은 좀 일찍 만나세
붉은 향기 가득 뿜어내 느낄 수 있게
그리곤 뚝 떨어져 버리세
화사한 이별이 되게

우연히 피는 꽃 있을까

너는 알겠지만
나는 모른다

숲속에서

숲 속 나무마다 부는 바람 다르다
소나무 스치듯 지나고
잎 넓은 떡갈나무 서성대다 가듯이

숲 속 나무마다 내리는 빗물 다르다
소나무 찔리듯 스쳐 지나고
잎 넓은 떡갈나무 안아보다 흐르듯이

숲 속 나무마다 사귀는 친구 다르다
소나무 자기 소나무 밖에 모르고
잎 넓은 떡갈나무 여럿이 모여 살듯이

새벽 숲 속 거니는 이들 가슴 다르다
소나무 닮은 젊은이 제 몸 생각하고
떡갈나무처럼 늙은이 자식들 걱정하듯이

무화과無花果

친구들은
애비 에미 없는 자식이라고
놀려 먹었다

나는
이 속살에 흠뻑 빠져
꽃까지 먹었다

백일홍百日紅

얇은 껍질
한낮 여름 햇볕
온몸으로 받았네

충혈된 눈망울
뜨거워 밤새 몰래 울었겠지

열흘만 피고 말지
피고지고 지고피고
다른 것들처럼

얻고 잃음 한 때이고
명예 권력 찰나인데

족히 백 년 넘어 살아
꽃 단 날만 삼십여 년

십 년 넘기 어려운 세상 인심
그래도 꿋꿋이 참아

고향 양지바른
고조부모 산소 앞 있던

지금은
내 이름 새겨진 한 토막
도장圖章으로 남아있는

갈대

오래 혼자여야 하므로 천천히 흔들려도 좋다

아침 이슬 반갑게 맞을 것
발 아래 작은 풀꽃 잘 살필 것
낮은 산자락 끝 햇살 한 조각 아끼며 볼 것
저물 무렵 소슬한 바람 춤춰 줄 것
달빛 속 풀벌레와 같이 노래 불러 줄 것

혼자 서성대지 말 것
첫사랑 붉은 눈물 흘리지 말 것
큰 키 야위어가는 슬픔 안으로 울지 말 것
옆 친구 같이 넘어지지 말 것

홀씨로 날려 와 전塵 편 메마른 이 땅 추억해볼 것
지금 서 있는 뿌리 줄기 챙겨볼 것
스러질 내일 이야기도 그려볼 것

나
천천히 흔들려야 하므로 혼자가 좋다

덩굴장미

집 앞 철창살 울타리 사이
덩굴장미 몇 송이 피다

쌀쌀해진 지 벌써 오랜데
제 철 몰라서일까

아직 철 덜 든
나 가르치고 있다

섬

바다와 바다 그 사이 섬
바다보다 깊고 넓다

파도에 할퀴며 칼바위 오른 섬
상처 난 바람이 동행했다

뭍 향한 그리움
잔잔한 바다
기다리다 지쳐 헤엄도 잊고
물색 푸른 자유
멀리 등대도 길을 잃었다

별빛 속 은파가 간지럽던 날
짙은 그림자 어둠이 오히려 편안했다

감추어진 섬 아래 계곡
깊은 산맥 빙하 같던 첫사랑

차라리 떠나지 못한 이곳에서

바다 건너온 이국異國 바람과
깊고 넓은 사랑을 하고 있었다

섬에는 오늘도 살랑 바람 부는데
그미는 기별이 없다

구름

넌
우릴
다 보고도
아무 말 없다

우린
널
원할 때만 찾아
좋다 나쁘다 하는데

예산禮山에 내리는 비

이 내리는 비
알고 여길 왔을까

이쯤 내려 고였다
벗들 만나 손잡고
어디로 또 흐르리라는 것도

나 태어나서 자라고 성장하여
지금 일하는 곳 제각각이다

지금 예산에 내리는 이 비
대전 지나 의령, 부산으로 흘러갈 수 있으려나

아무도 알 수 없는 운명
기약할 수도 없는 내일

세찬 바람에 빗줄기 굵다
하늘 검어 빗소리도 무겁다

정년퇴직停年退職

네가 곁에 없었더라면
싹 틔우고
폭풍우 속 꽃 피워
이 가을
이 열매 또 줄 수 있었을까

이젠 좀 쉬어가세
그동안 고마움 이렇게 말하고 싶다

내 육신 태운 그림자
떨어진 낙엽 덮고
눈 속 한 숨 자고나면
연록 숲 또 그리워지지 않겠나

불쑥
별 부서져 내리던 휘황輝煌했었던 그 날 떠오르고
황혼의 구름 떼 모을 내일도 기대된다

싹, 꽃은 바람의 과거

오늘 그 열매를 본다

두더지

넌
밤에
눈 감고
땅 속 헤집는
바보

난
낮에
눈 뜨고도
봐야 할 것 못 보는
바보

낙지

넌
꽉 찬 머리
매끈한 몸통 아래 숨기고
여덟 개 다리로 살아가는
천재

난
텅 빈 머리
깡마른 몸통 위에 달고
두 다리로 뛰노는
천치

지렁이

밤새 내린 비가 수재민으로 만들어 버렸습니다
숨이 가빠 지룡地龍 체면도 버리고 맨몸으로 나왔습니다

뼈있는 척추동물 흉내 내봅니다
벽에 기대어 몸을 수직으로도 세워 보기도 했습니다

되지 않는 뒷걸음질 연습도 해봅니다
몇 번 뒹굴었습니다

나는 내 몸에 암수를 모두 가지고 있습니다
그래도 꼭 다른 개체를 만나 자손을 만들어야 합니다

나를 먹잇감으로 좋아하는 동물들이 많습니다
심지어는 똥까지 거름에 좋다고 합니다

오늘 사람들에게 몇 번 밟힐 뻔했습니다
나도 힘을 길러야 되겠다고 생각했습니다

누군가 건드리면 꿈틀거려야 되니까요
나도 나만의 꿈과 가치가 있으니까요

창窓 너머 파리

혼자
털 묻은 가슴 내놓고
더운 여름
창 밖
붙어 거꾸로
여기 방 안 궁금해 살피고 있네

세상 일이 그런 걸
지나보면 알게 될 일들
조금 빨리 알고 싶었던 거지

나도 그런 적 있었다
아무도 몰래
밤 기차 타 보았고
넥타이 매 본 적 있었다

소리내어 쫓아도 괜찮음을 안다 파리는
그냥 붙어 기웃거려도 되는 것임을

내 창 안 서성대니 더욱 알고 싶은 거지
나도 그러하였으므로

이 찌는 한여름에

탁란托卵*

나는 뻐꾸기입니다
둥지도 틀 수 없습니다
알도 품을 줄 모릅니다

그런데 자식은 낳아 길러야 하는데 할 줄을 모르니 큰일
입니다
미안하지만 이런 점에서 뱁새의 신세를 좀 져야 합니다
내가 기생寄生새라면 뱁새는 숙주宿主새가 되는 셈입니
다

나보다 덩치가 작은 뱁새가 알을 품고 있다가 잠시 자리
를 비울 때가 있습니다
그러면 남편에게 망보게 하고 뱁새의 집에 들어가 얼른
알 하나 낳고 옵니다
물론 뱁새가 눈치 못 채게 둥지에 있던 알 하나 치웠습니
다

이러기를 주위 십여 군데 더 하게 됩니다
그러나 어쩌겠습니까

나도 기구崎嶇하고 악랄惡辣한 유전자 가지고 있음을

일찍 부화孵化한 내 새끼는 똑똑합니다
뱁새 새끼들이 부화하면 밑으로 떨구어 버립니다
이제 혼자 남은 내 새끼는 뱁새 어미의 사랑을 독차지하
게 됩니다

새끼 뻐꾸기는 자기를 낳고 키운 두 어미를 알고 있겠지요
뱁새 어미는 모두 알면서 말없이 헌신적인 사랑을 주겠
지요
그 무렵 하늘이 높고 숲은 풍성했으니까요

요즘 세간世間에 회자膾炙되는 사람들이 많습니다
염치廉恥도 없고 의리도 없는 꼽사리 사람 뻐꾸기들
그런 사람들이 우리 뻐꾸기를 비웃고 있었습니다

* 탁란(托卵) : 새가 제 둥지를 짓지 않고 다른 새의 둥지에 산란産卵하여 포란
抱卵 및 육추育雛를 그 둥지의 임자새(숙주宿主)에게 위탁하는 습성

_____ 제3부

벌초伐草를 하다
– 아버지를 그리며

아버지 산소 벌초를 하다
문득 세면장 거울 앞에 선 나를 발견한다

인자하시던 입가 미소
지난 여름 장마 끝
내 가늘어진 잔주름으로 흐르고

당신의 단정하셨던 두발에도
타동他洞에서 날아온 풀씨
반백의 머리칼 잡풀로 앉았다

봉분과 상석 사이
코밑 인중 근처
덧자란 풀들과 쌓인 먼지
면도하듯 씻어낸다

어느덧 무거운 예초기 메는 마음
턱밑 몇 가닥 흰 털까지

침묵으로 키워주신 그리움

오늘도 되새겨본다

난분蘭盆을 만지며
– 어머니를 그리며

난은 뿌리로만 사는 줄 알았다

뿌리 없으면 잎 없고
잎 없어도 뿌리가 마른다

둘 다 있어야 하는 것

맑은 향기, 푸른 자태로 피웠던 꽃
하늘 땅이 같이 한 것이다

지난 해 늦은 가을 떠나신 어머님
이제 남겨진 우리 사남매 가족

어머니는 하늘이 되셨을까
우리가 땅이려나

난 잎처럼 맵시 있던 기품
물관부 뿌리마다 가득했던 정성

꽃 진 난분 매만지는 오늘
당신의 부재가 그립다

다주茶澍*에게

가랑비가 내렸네
다주야
갖은 바람 견뎌온 연록 찻잎 위
온 우주 벼리* 모아

한 세대 건너
네 눈망울 사랑이 살아있고
아름다운 추억이 맴돌고 있네

내 너를 이렇게 찾는 것은
네 부모보다 예뻐서만은 아니겠지
내 자식들에게 다 하지 못한 사랑 그리워하는 것이리라

그래도 너는 예쁘다
부쩍 자란 모습
늘어난 말솜씨
일전에 그려준 내 얼굴

네 끓여준 녹차 한 잔 마시고 싶다

잘 자라거라
그리고 기억하거라
오늘 우리가 이렇게 행복해함을

다주야
또 가랑비가 내리고 있다
빛 유리 씨알처럼 연록 찻잎 위로
영롱한 합창을 하며
예쁜 천사처럼

* 다주(茶澍) : 2013年 7月生 필자의 외손녀外孫女.
* 벼리 : 고기 잡는 그물의 코를 꿰어 그물을 잡아당길 수 있게 한 동아줄.

우주宇澍*에게

채 20개월도 안 된 너에게 이런 엄청난 것을 바라도 되는지 모르겠다만 할아버지 할머니는 구별도 하고 잘 알면서 왜 뽀뽀 한 번 해 달라면 도망을 가는지 모르겠네 우리가 늙어서 벌써 냄새가 나서인가 아니면 네가 뭘 알고 거부하는 것인지 도무지 알 수가 없다네 딴은 좋아함의 표현은 사람과 때와 장소 경우 등을 잘 가려서 해야 되는 법이고 함부로 남발해서는 안 되는 일이다만 우리가 누구냐 네가 해달라는 것 다 해주고 배고플세라 먹을 것 시간 맞춰 챙겨주고 심지어 냄새 진동하는 똥 기저귀까지 잘 갈아주지 않았던가 물론 나중에 크면 지금의 이 상황을 한 가지도 기억하지 못하겠지만 그래도 이렇게라도 남겨야 지금의 네 행동에 대해 알고 우리에게 조금이나마 미안하고 고마운 마음을 갖게 될 것이 아닌가 그러나 우리는 절대 엎드려 절 받으려는 것은 아니니 오해 없기를 바라네 아직은 말을 못해 '아빠 엄마' '쪼(쪽쪽이) 주세요' '무(물) 주세요'밖에 못하지만 우리는 네가 이 세상에서 가장 똑똑하고 이쁘고 사랑스럽다고 여기고 있다네 다음에 또 만날 때에는 꼭 할아버지 할머니 볼에 뽀뽀해주기를 기대해도 되겠지 그땐 너도 좀 더 자라 생각도 커졌

을 테니까

* 우주(宇澍) : 2018年 4月生 필자의 둘째 외손녀外孫女. 서울에 살다가 아빠엄마가 외국에 출장을 가게 되어 부득이 한동안 우리와 함께 대전에서 지냈음.

캔버스에 맺힌 물방울
– 화가 김창렬*을 기리며

환절기 목감기에 걸렸다
차마 떨어지지 못하고 매달려 있는 고드름

밤새 뿌리 찾던 박제된 유리구슬
누가 이 멍울져 얼룩진 한 풀어줄 수 있을까
캠퍼스에 흐르다 멈춘 이산離散의 눈물

찰나와 얼마나 싸웠을까
밤새운 신비, 그 그림자에 서린 땀방울
온 세상 축복으로 환호하는 환희의 민낯

영롱하다 말하지 마라
다이아몬드 같다고 말하지 마라
무지갯빛 돈다고 말하지 마라

별빛 내려앉아
흰 턱수염에 붙었다
순간 은하수로 비산飛散하는 넋

한 숨 자고나면 나아지겠지

아직도 수정같은 콧물 매달려 있었다

* 김창렬(金昌烈) : 1929-2021 평남 맹산, 화가

노실爐室*의 테라코타*

– 조각가 권진규*를 기리며

비가 내린다

두 손에 떨어지는 코끝 땀방울

거친 황토입자

잠시 허공 응시하는 눈빛

머리카락 자른 만남 갈구하는 소녀

처절하게 가사袈裟 걸친 붉은 수도승

목 늘린 영원한 구도자

삶 향해 절규하는 동물들

검은 흙가마에 불 지핀다

노실爐室의 천사 꿈꾸다

유약釉藥 아닌 건칠乾漆 화장火葬하고 태어난 테라코타

내 사랑

새 생명

드디어 평화로운 미소

단순해져 커진 내 마음

마음에서 우러나온 그리움

'인생의 공, 파멸'
혼자 소리지르다 잠든다
캄캄한 아틀리에
비 아직 내리고
내일은 오지 않았다

* 노실(爐室) : 가마가 있는 아틀리에(atelier, 畵室).
* 테라코타(terra cotta) : 점토粘土를 구워 기와처럼 만든 도기陶器.
* 권진규(權鎭圭) : 1922-1973 함남 함흥, 조각가.

묘소墓所에서

이것은 인생이라는 밀가루에
완성이라는 효모를 섞어
영원이라는 불로 구워 낸
인간들의 마지막 작품

칠월의 더운 김으로 말리고
일월의 얼음으로 절구어
안으로 안으로만 삭혀 영그는
한없는 내재율의 잔디밭 기포氣泡

인생이 영겁인가 삶이 억겁인가
꼬집어도 아프지 않은 마음
좋아도 기뻐하지 않는 하늘
그림자 시종 지지 않는 땅

그곳은
비가 오지 않아도 시냇물 돌아 흐르는
내가 말해도
듣고 대답 않는 세계

아름다운 추억

비가 이처럼 아름다운 것은
하늘도 모르게 모아둔 한 호흡
지금, 나에게 내리기 때문이다

물 말려 구름 만들고
그 구름 비로 뿌리는데
보이고 보이지 않음이 구분됨을 어쩌랴

비처럼 태어나 시작된 삶
그동안 우리 몸부림들 볼 수 없지 않은가

어찌 오늘만 만나겠냐만, 이 비
산골짜기에 악수한 채 스치는데
바람이 그 사이 비집어 돈다

비가 이처럼 아름다운 것은
못 본 지난 기억 반추反芻하도록
내 벗은 몸 깨지듯 퍼붓기 때문이다

비에 젖은 자전거

그미, 차마 떠날 때 보지 못한 그날처럼
뉘인 손잡이에 비가 내린다

혼자서는 설 수조차 없는 바보
이즈음 너의 부재가 원망스럽다

두 페달 사이로 피었던 무지개
좁지만 않던 안장
불빛 없음이 오히려 더 환하지 않았던가
비, 우리 적시던 날들

이제 자전거 소용없기에
펴려던 우산 도로 접는다

숲으로 가는 길 위 젖은 흔적처럼
동그라미로 만든 지워져버린 직선
자국으로나 잠시 추억하고 있다

내 구멍 난 타이어 틈새로
고였던 빗물 한 줄기 흘러내렸다

잠시 비행飛行, 그대 꿈꾸다

땅 박차고 오르면서
그대
쉽게 만날 수 있으리라 생각했다

얼마나 동경했던가
푸르른 땅 너머 유리빛 세계
가려진 구름 사이 맑은 하늘 속살

하늘 오르니
거짓처럼 그대 없다

흔들린다
꿰맨 양철조각에 잠시 얹은 설렘
발 디뎌도 추락하는 추억

다시는 오르지 않으리
땅 위 키 작은 사람들과 같이 살으리

이제 땅에 부려지면

가슴 열고 흔연欣然히 노래 부르리

꿈 깨어 한바탕 춤춰야 하리

시골 이발소

두려웠다
지난 가을 벼 베던 기계 지나간 자리처럼
내 머릿속 추억까지 비워졌을까 봐, 문득
정수리를 만져봤던 기억

무서웠다
바리깡에 맡겨야 했던 입대 전날 눈물
짧은 인연도 끊을 듯 그 싸늘한 칼날
왜 가끔 꿈꾸질 않았던가

그러나 맡겨야 한다
벽에 걸린 새끼들에 젖 물린 어미 돼지처럼
초여름 비누거품 만들 저 연탄난로처럼
말은 원래 필요 없는 것이었다

때 찌든 흰 가운 입은 아저씨
혼자 라디오 소리에 맞춰 잘라내고 있다
흩어진 내 상처 이을 수 있기나 하듯이
내 늘어난 흰색 머리털 셀 틈도 없이

나 지금껏 꼼짝 못하고 앉았다가 그저
숙이고 구부리다 나왔다

그러므로
나는 오늘도 나를 이발시키지 못했다

지뢰地雷찾기*

　제대한 지 삼십여 년만에 또 입대한다 가끔 꿈 속 가위
눌리며 추억해야 했던 최전방 그 차가운 정사각형 구획된
땅으로 임무가 주어졌다 흙 숲에 묻힌 검은 지뢰를 찾아내
는 것이 아니다 건드리지 않고 있는 곳을 알아내기만 하면
되는 것이다 순간순간 나타나는 작전지시 내 전후좌우 어
덟 발자국 열어내기 그리고 최대한 빨리 결정해야 한다 가
끔 폭발하는 파편과 그 파열음에 손가락 발목 산화하고 눈
물도 한 줄기 피 되어 흐르기도 한다 컴퓨터 마우스 놀림을
잘 하고 능숙했다면 좋았을 걸 후회도 해 본다 나 포함한
전우들 응원이 소란하다 행운은 처음부터 바랄 것이 못 된
다 몇 번 세찬 얼차려 덕에 짧은 요령 도움도 되지만 아주
가끔은 재수 있는 경우도 있는 법이라 여기 '1' 모서리에
서 한 번 건드려 볼까 요행을 걸어본다 건너편 저 집도 늦
도록 불 끄지 못하고 이 밤 중독되어 주저하고 있을 것이다

* 지뢰찾기(Minesweeper)는 로버트 도너가 1989년에 개발한 혼자서 하는 컴퓨
터 게임으로, 이 게임의 목적은 지뢰를 피해서 지뢰밭의 모든 단추를 여는 것임.

호접몽胡蝶夢*에

나비가 훨훨
장자莊子도 날았다

하늘 덮은 붕鵬 세상 한 눈에 보는데
여기 나무그늘 앉은 매미 옆도 볼 수 없다

땅 꺼지듯 방황했던 지난 날
내밀內密했던 유희遊戱 꿈 기억들

그저 그런 여행
외로움에서 벗어나질 못하고

하늘 올라 붕鵬 마음 알아야 한다
매미 탈피脫皮하듯 오늘 나 살펴야 한다

나 색안경 벗자
여리게나마 너 보이려는데

호랑나비로 훨훨

장자莊子가 꿈결에서 날았다

* 호접몽(胡蝶夢) : 장자莊子가 어느 날 꿈을 꾼 다음 '내가 나비가 되는 꿈을 꾸었는지 나비가 꿈에 내가 되었는지 모르겠다.'라고 한 말에서 유래.

사우나탕에서

뭉게구름 어깨동무로 흐르고
소나무 가지 밑으로 고래가 난다
이름 모를 청회색 꽃잎 속 한 개 술잔
군데군데 보이는 조합되지 않는 검은색 글자들

한 줄기 땀 흘렀다
초겨울 말라 까매진 쑥부쟁이 대궁 위로
흰 바탕 회색 그림
더욱 뚜렷해진다

떠나보낸 지 오랜데
그미 돌아앉은 뒷모습도
오늘
습식 사우나 대리석 바닥에서 또 만난다

출발

기지개를 켜면서 나와도 좋다
여기는 대문에서 두어 뼘 남짓 나온 아스팔트 위 회색구
름 밑
아직은 밤새 졸은 가로등조차 흐르지 않고
벽과 벽을 가로지르던 바람조차 눈 부비지 않은 시각

새벽은 이리하여 고이기 시작한다
눈뜬 자가 못 뜬 자를 깨우려 하지 않았고
아직까지 발자국 소리마저 내려 하지 않았다

서서히 벗겨지기 시작하는 하루의 껍질
간밤 생과 사를 같이 나눈
소금으로 해서 더더욱 부서져 나가나

드디어 아침이다
해와 한 덩어리로 살아 오르는 도시의 눈뜸
환히 비쳐 오르기 시작하는 동면의 탈춤
우리들 이제
밤새 묵혔던 혀로 몇 마디 주고받고

발자국으로 채우려 든다

이제 서둘러야 한다
살아 있다는 흔적
산다는 의미
살아 있으리라는 희망 위해
비록 아스팔트 위 회색 구름 밑이고
우리들 최후의 안식처일지도 모를 일이지만
서로를 사랑하면서

오늘 새벽에

해보다 먼저 눈떠 커튼 열어야 한다
해는 저 산 너머에서 미리 기지개 폈는지 모른다

밤새 단내 나는 살 냄새 이별하고
희뿌연 아침 안개 가르러 집 나선다

아침 여는 거리 사람들
질주하듯 바쁜 일상이 어제 기억 덮는다

오늘 신음 담보해야만 하는 보람
그래서 잉태되는 희망

어제보다 나은 오늘, 그리고 내일

지혜로운 하루이기를
가까운 인연 소중히 여기는 하루이기를
욕심 없는 하루이기를
걱정 줄이는 하루이기를

찬란한 아침 해가 도솔산 위로 솟는다
그미도 이 새벽 느끼고 있는지

밤 주우러 갔다가

밤 주우러 갔다

알밤이 없다
먼저 온 이들이 주워간 것도 아니다
벌레 먹은 몇 알 주웠다 버렸다

밤은 추억처럼 알밤만 주워야 한다
인생도 절로 익어 벌어져 떨어진 알밤 같아야 한다
그것은 윤기 나 빛나는 삶의 승리

떨어진 푸른 가시 벌려 꺼내면 안 된다
손톱 밑 찔러가며 억지로 무리해서도 안 된다
장대로 후려쳐 송이채 털어도 안 된다

바람에 잘 익은 빈 밤송이 모아 두어야 한다
하늘 가로로 날다 내려온 청설모 찔리지 않게

오늘
나 청맹과니 되어

이렇게 높아 맑은 하늘 풍성해도

그미에게 보낼 알밤 몇 알 밖에 없다

코로나 19 풍경

학교 종 달려 있어도 소용없고 선생님 없다
출석부 회초리도 없다
잡초 무성한 운동장 지나 한 교실 부산하다
금 간 유리창 너머 할아버지 할머니 몇 사람 보인다

교탁에 주사기 면봉 약병 몇 개
한 할머니 마스크 쓴 채 흑판에 '코로나 19' 라고 썼다
할아버지들 '왕관모양' '택시이름' 얘기했다가 혼났다
그 후 아무도 말하지 않았다

거리를 두고 한 사람씩 체온 측정한다
한 할머니 체온 높아 감염 여부 검사해야 했다
콧구멍 깊숙이 면봉 집어넣어 세포 꺼낸다
앰뷸런스 앵앵 소리 내며 와 태우고 갔다

깨진 슬레이트 지붕 새로 날아가는 절규들
눈 붉은 어느 할머니 기침에 묻은 소리
'지랄 엠병 이거 언제 끝나나'
오늘 도시락도 못 열고 집으로 향하고 있다

바보고기의 변명

창에 갑옷 무장을 하고
물 숲들이 울창한 상류에 살다
세속이 그리워 밑으로 밑으로 내려와
미끈한 바보모습을 하고 한 뼘 물 깊이 돌팍 밑에 산다

배낭자루 같은 쓸개 물푸레 가지에 걸어놓고
오직 가슴으로 사는 나는
왜 그런지 인간이 그립기만 하다

허리 아파 오는 이 비 오려는 저녁
하루살이의 내음이 그리워지고
등허리 쩍쩍 갈라지는 그 여름 오후에는
개구리랑 바위에 엎드려 잠을 청했다

못생긴 나의 육신은
여전히 인간의 관심에서 벗어나고
올챙이 모습 생각하는 인간의 뇌리에는
타다만 한 줌 재도 없다

어느 날 손이 따뜻한 인간이

지붕을 살짝 벗기고 안으려 하던 날
나는 그토록 참던 사랑을
그이의 손바닥에 토해내고 말았다

가끔씩 떡밥에 섞인 단내 나는 엉덩이 살
차마 외면하는 나는
그래서 항상 창자 칼질하는 바보고기

제4부

고향 여배리余背里*에서 1

– 아버지가 개간開墾하신 과원果園을 보며

옻밭골漆谷에서 달밭月田 넘어가는 곳
앞산 중간쯤 꽃바위花巖 밑
당신께서는 늘 새벽부터 나가 계셨다

등줄기보다 더 질긴 뿌리
지쳐 거친 손마디 같은 잔 돌들
억겁億劫의 원죄怨罪인 양 뽑아 버려야만 했다

한 뙈기 비탈진 밭
잉태孕胎를 향한 몸부림
유리琉璃빛 영토 꿈꾸던 동산
언제부턴가 나도 당신과 같은 모습으로 서있다

벌 나비 행복한 과원果園 너머 저녁 연기 피는 어귀
유학사 아래 세심정洗心亭* 도랑에서 호미 괭이 씻으면
이제는 아버지 안 계신 자리에도
산 그림자 옆으로 내려와 앉는다

* 여배리(余背里) : 경남 의령군 부림면 미타산 자락에 위치한 전형적인 농촌마

으로, 천년 고찰인 유학사留鶴寺가 소재하고 있음.

  * 세심정(洗心亭) : 마을 앞을 흐르는 냇가(도랑) 옆에 필자의 조부께서 지은 쉼
터로, 주위경관이 시원하여 여름철 주민들의 휴식처가 되고 있음.

고향 여배리余背里에서 2
– 약국藥局 할아버지를 기리며

천장天障에 매달린 약봉지 밑
옆으로 세 칸 약궤藥櫃를 병풍 삼아
평생 한약 냄새 주부主簿*로 사셨다

가끔은
진맥診脈 후 '신성단' 화제和劑* 내시며
무릎 약국 손자 자랑을 하시곤 했다

오늘도 흰 등 언저리 침鍼 놓으며
안으로 내재된 세월 무게와 함께
한 첩貼 약탕기에 불을 댕긴다

어느새 닮아 있는 할아버지 헛기침 소리
어두워 가파른 사랑채 한약방을
뒷짐 진 모습으로 오르고 있다

* 주부(主簿) : 한약방을 차린 사람.
* 화제(和劑) : 한약처방을 이르는 말.

99

템플 스테이, 계룡 갑사甲寺*에서

I

조용해서 적막하다
그래서 소리 중요해졌다

청아하게 들려오는 대웅전 염불 목탁 소리
관음봉 너머 무지개 일자 구름 떨리는 소리
계룡 연천봉 살펴가며 숨죽여 넘어가는 하늘 소리
금잔디 고개에서 불어와 굽어 휘는 바람 소리
신흥암 계곡 이끼에 내리는 새벽 이슬 소리
천진보탑 부근 치열한 매미 날개 소리
용문폭포 휘돌아 흐르는 세찬 물보라 소리
대적선원 댓돌 깨져라 때리는 소나기 빗물 소리
철당간지주 옆길 도보 명상 중 밟혀 스러지는 풀잎 소리
아랫마을 돌아보며 오늘 해 넘어가는 소리
저녁 가로지르는 갑사 동종 묵직한 범종 소리
밤 깊어 홀로 우는 풀벌레 소리

나 번뇌 버리지 못하고

반가부좌한 채 무게 낮추어
상념 더듬으며 내면 소리 찾아 본다

마음 움직여 봐도 잡히지 않는 나의 소리
자꾸만 끼어드는 작은 산새 깃털 소리
내 머릿속 파고드는 삶의 소리
꿈 희망 행복 소리

II

나를 찾아간 곳
그곳에서
너를 찾고 있었다

먼저 진 제 잎 그리워하며
바람에 흔들리고 있는
고목 밑 상사화 몇 가닥

그미도 나 생각하고 있을까

오늘 나 있게 한
젊은 날 추억과 기억

지금 같이 있을 땐 잘 몰라
없어야 아쉽고 그리운 거지

철 지난 사하촌寺下村 황매화도
고개 숙이고 깊은 생각에 빠져 있었다

* 계룡 갑사(甲寺) : 충남 공주시 계룡면에 위치한 절로, 대한불교 조계종 제6
교구 본사 마곡사의 말사로 동학사와 함께 계룡산 국립공원 내의 양대 사찰임.

청양에서 1

청양 우산성牛山城*의 봄
바람에 실려 온 작은 씨앗 한 톨
무너진 바위 틈에서 허공과 함께 텄다

싹 틔워 바위 흔들어 보라는 거였겠지
겨우내 안부가 궁금했다
안개 낄 무렵 바람은 골짜기로 흐르고
나무들 별 무리지어 쏟아지던 밤
산성 뒤쪽 오리나무 숲으로 눕는다

그 날 바위는 차마 바람 부르지 못했으리
어둠도 그저 풀잎 스치기만 했을 뿐
여린 새싹 이미 알고 있었나
동면했던 지난 겨울만 빼고
눈물은 별빛에 젖는다는 것을

산 중턱 너머 숨결 목에 걸리는데
문득 가로 세로 높이 맞추는 저 바위들
깎아 보고 끼워대느라 바람에 재운 달빛

목숨보다 소중한 그 무엇이 있었겠지

오늘 우산에 또 봄바람 불어와
무던한 바위들 여린 새싹 핑계로
그래도 그때 눈빛 새겨두었는지
바위들 옛 생각에 무연히 잠기고 있다

* 우산성(牛山城) : 충남 청양 읍내리에 있는 백제 때의 산성山城.

청양에서 2

풀씨를 낳았다
놀랐다, 아마 지난 가을 무렵
작은 돌이 아니었던 거지

지난 여름 내내
나를 흔들어 비틀고
급기야 눈물 흘리게 하더니

내 몸, 작은 돌들로 사위어져 가는데
비구름 진하던 그 날 문득 찾아와
그렇게 풀씨 배게 했던 거지

물 머금어 지친 몸
다리 풀려 여기 대열 이탈해 버린 나
부서져 허연 잔해들 옆에 눕는다, 풀썩

가슴근육 멋진 백제 지키던 젊은 모습
이젠 아무도 기억하질 못한다
그저 주위엔 흩어진 소문으로 찾아온 바람 뿐

여린 아들 새싹 날 위로하려 한다
지난 겨울 춥지 않았다고
자기도 돌가루에서 자라났다고

청양에서 3

바람 안다
더 이상 오를 수 없음이 차라리 다행임을

여기 각진 돌들 줄지어 선 산성 머리쯤
약간 기울어진 허리근처 서성대고 있다

이른 들풀 꽃향기 취해 비상했다면
목련 꽃잎처럼 추락했으리

어깨동무로 버틴 겨드랑이 속 문질러본다
선혈로 맹세한 틈새도 후벼본다

나 바람처럼 밤새 인기척해도
그는 곁눈질 한 번 없었다

나 이렇게 휘파람도 불어 보는데
그는 바위처럼 미동도 없다

금강錦江* 하굿둑

황복에 소곡주 한 잔 얼콰해진 오후
신성리 갈대숲 근처
가창오리떼 옹기종기 졸고 있었다

둑방으로 모여든 물
바닥에서 어깨동무로 돈다
헤어짐이 아쉬워서다

넓은 바다 세상 궁금해
가끔 둑 너머 기웃거려 보기도 했지만
비단강 푸른 물속에 묻었다

갑문 열렸던 어제 밤 꿈
장항 앞바다 지나
뜬봉샘 물줄기로 다시 태어났다

* 금강(錦江) : 한반도 금남호남정맥인 전북 장수군 신무산(897m)의 뜬봉샘에
서 발원하여 호서지방을 거치며 논산시 강경읍에서부터 충남과 전북의 도계를
흐르면서 황해로 흘러들어가는 392km의 강임.

새벽 바다에는

개켜놓은 바닷모래 밟으니
뽀드득거리다

괴발개발 그려놓은
밤새 미물微物들의 흔적
생인손처럼 아프다

저기 돌개바람 파도
바투 이곳에 와서
드러누워 버리겠지

아직 못 떠난 철새 몇 마리
지난 밤 명정酩酊 깊어서인가
여태 새벽 바다 쪼아대고 있다

바람 차고
그미 기별 없는데

솔숲에도 골목 있다

솔숲에도
그날처럼
해 뜨고 지는 골목 있다

이슬 치장한 해당화 운무 길 너머
향수 내음 이는 몇 그루 아카시아 지나면

시간 머물러 정지된
옛 추억 가려워
여러 안부 그리워지는 곳

좁아 거칠어 편한 골목길 있다

솔잎 썩어 모래 퇴적된 흙길 위
빛나 찬란한 공간

오늘 솔숲 해 그림자 지면
또 청설모 불러 모아
그 골목길 오를 것이다

장항長項 솔밭 솔가실에는

장항 솔수펑이 솔밭마을 솔가실
저기 깊은 바닷물고기 비늘 껍질에다 붙인 맑은 솔바람
송운으로 날려 보내고 있다

진 가득한 관솔옹이로 긴 겨울밤 밝혔던 그 날
낙락하는 솔가지 붙들지 못해
지혜는 저절로 자부송 되어 쓰러졌다

한 줌 솔가리 없어 더 추웠던 그 해 겨울
송기로 허기진 배 채우던 날들에도
소나무 밑 한 줌 흙 될 일 걱정 말자 했지

언제 솔향기 송연묵 되어 화선지에 또 앉을까
송로 먹은 솔새 잔솔밭 송충이 혼내켜도
오늘 난 한 그루 꽃 송화, 그 술 송화주에 취하고 있다

장항 솔수펑이 송림은 백사청송이다
바닷가 열여덟 사람 모여 소나무밭 이룬 곳
내 여기 잔솔포기 심어두고 정자 볼 일 잊는다

부여扶餘 능산리陵山里* 풍경

하얀 옷 입은 백제 산이 내려왔다
눈 덮인 황토 초가들이 사는 동네로
시리도록 푸른 그림자 모습을 하고
잠시 얼은 해와 회색 구름 은총으로

이곳 동네 외로움 없냐고 물었다
산에도 가슴 따뜻한 사람 사냐고 물었다
고개 넘나드는 바람 때문에 어지럽고
굽은 등 시린 손으로 해서 두렵다고만 했다

구름 사이로 비치는 한 순간 햇살처럼
스치듯 지나간 아쉬웠던 인연들
바람 사이를 가르며 차갑게 와 닿는 말 파편들
헤어짐이 완성인가, 다시 또 새 봄 기다려야 하는지

쌓인 볏 짚단에서 날아온 탱탱 바람
송곳 같은 고들 얼음이
굴뚝 위, 어귀 정자나무 가지 아래에서
외면하듯 바라보고 있었다

＊능산리(陵山里) : 충남 부여군 부여읍에 있는 삼국시대에 창건된 백제의 왕
실사찰의 사찰터가 있는 곳으로 백제가 사비로 천도하면서 조성한 절터로서 일
명 '능사陵寺'로도 불림.

가을, 봉대미산*

어제
멈춰 서서 호흡조절 하던
예산읍 봉대미산 한 등성이

오늘
그 자리 찾기 힘들다
그새 낙엽 감추어놓고 숨바꼭질 하잔다

나 술래 되어
눈 감고
긴 숨 쉬어 찾아본다

코끝에 내려앉는 솔 내음 이는 자리
몇 잎 낙엽 얹어놓은 그 자리

내 새벽 여는 곳
발 아래 있다

이제 며칠 지나면

이 낙엽 숨바꼭질할 수 없을 것이다

날마다 새벽 오겠지만
또 다른 산 찾아야 될 테니

* 봉대미山 : 충남 예산읍 중심지에 위치한 산으로 정상에 지적삼각점地籍三角
點이 있음. 과거 외적 침입 때 백성들의 대피지로 흙과 바위 '더미'가 '대미'로
바뀌어 불려진 산으로 주민들의 건강을 다지는 산책로가 유명함.

한산韓山 모시 문화제*에

건지산 기슭 모시풀의 한恨
앉은뱅이 소곡주 한 잔 하고
신성리 갈대밭 부근
가창오리 떼 얇은 천 날개에 앉았다

앞니로 이골 나게 째고
패이도록 부빈 허벅지
날줄 틈새 헤집고
북 씨줄 풀어 넣어
한 필疋 역사 엮어내던 아낙네

사랑하는 사람아
우리들의 사랑
이로써 이별은 아닐 것이다
내 짠 세모시 입고 여름에 떠나신 친정 어머니
가늘고 긴 올 하늘까지 닿아 있으니

여기
백제 한산韓山 직녀織女의 후예後裔
또 대代 이은 손놀림

오늘도
베틀에 얹은 마음 떨리어 온다

* 한산 모시 문화제 : 우리나라를 대표하는 친환경 전통섬유 축제로, 유네스코
인류무형문화유산에 등재된 '한산모시짜기'의 역사성과 우수성을 널리 알리기
위해 개최되는 전통문화축제임. 매년 6월 서천군 한산면 한산모시관 일원에서 개
최되며, 모시학교, 미니베틀짜기, 저산팔읍길쌈놀이 등 다채로운 모시문화 프로
그램이 있음.

봄, 도솔산兜率山*에서

개구리 잠깨는 바람에 쑥 돋아 땅 시작되는 곳

봄 또 왔다

늘 봄은 땅에서 산으로 올랐다

땅 꽃들과 함께

이 봄 도솔을 통째 물들이려는데

그미 가슴에도 봄 오고 있는지

* 도솔산(兜率山) : 대전 서구 도안동에 있는 백제의 보루가 있는 산으로, 2012
년 3월 대전광역시 문화재자료 제55호로 지정됨.

빈계산牝鷄山* 능선에서

땅에서 시작한 산등성이
하늘 끝 닿아
닭 울음에 놀라 미끄러지다
한 숨 죽이고
다시 겹으로 피어나는

뒤에서 두 번째 흐릿한 능선 속
옛 친구들 얼굴 보이는데
그들도 나처럼
이곳 어디 근처에서 또 전塵 폈을까

오늘따라
하늘 흐려 빈계 산등성이 낮은데
그도 올 수 없듯이
나 또한 가서 거닐 수도 없다

* 빈계산(牝鷄山) : 대전 서쪽 유성구 계산동과 성북동에 걸쳐 있는 산으로, 산의 모양이 암닭과 같다고 하여 빈계산이라고 하는데 빙계산으로도 불림. 빈계산은 계룡산국립공원에 속해 있는 산으로 서쪽으로는 금수봉으로 이어지고 남쪽으로는 산장산, 성북산성 등으로 이어짐.

남간정사南澗精舍*에서
– 우암尤庵 송시열宋時烈을 기리며

장맛비가 내린다
대전 가양동 남간정사에

이마를 가로지르는 주름처럼
야산 기슭 숲 우거진 골 속

어서 오라 손짓하는
누樓마루* 앉은 심의深衣* 차림
눈초리 매서운 우암

대청마루 밑 흐르는 계곡물
지혜의 수염처럼 연못으로 모였다

꿈틀거리는 올 굵은 눈썹
대문 앞 용 닮은 고목으로 튀어 나오고

광대뼈 비낀 붉은 빛
주자朱子* 향한 일편단심이다

이 비 며칠 더 내려

연못 물 다시 넘치는 날

우암 기침소리 오랑캐들 놀랄 것이다

* 남간정사(南澗精舍) : 대전 가양동에 있는 조선 숙종 때 학자인 우암尤庵 송
시열宋時烈이 말년에 강학을 위하여 지은 별당 건물로 대전광역시 유형문화재 제
4호임.
* 누(樓)마루 : 다락처럼 높게 만든 마루로, 남간정사의 정면 4칸 중 오른쪽 앞
칸에 있음.
* 심의(深衣) : 신분이 높은 선비가 입던 웃옷. 대개 흰 베로 두루마기 모양으
로 만드는데 소매를 넓게 하고 검은 비단으로 가를 둘렀음.
* 주자(朱子) : 중국 송나라 때의 학자. 주희朱熹를 높이어 이르는 말임.

울릉鬱陵 태하리台霞里*에서

해 질 무렵
황토에 비친 노을 더욱 붉다

바다 건너온 파도 느끼며
닳아 둥근 검은 돌들 바라보고 있다

돌 함부로 들추지 마라

그들 뚫린 용암 구멍으로
뭍의 기별 전해 듣고

깨져 있어도 물속 어깨동무한 채
대풍감, 성인봉 받치고 있는지도 모른다

오늘 본
성하신당 동남동녀 전설 가슴 시려도

그미처럼
태하등대 근처 향목 품은 바람 따스하다

* 태하리(台霞里) : 경북 울릉군 서면에 속해 있는 마을로 울릉도 개척 당시에는 군청 소재지였으며 경제활동의 중심지였음. 바람이 많아 오징어 건조에 유리한 자연환경을 갖추고 있으며 석양노을이 유명함. 대풍감待風坎, 성하신당聖霞神堂, 황토구미黃土邱尾, 태하등대台霞燈臺, 모노레일 등의 관광명소가 있음.

베네치아에서

말리피에로*를 지난다
땅이 가라앉고 있다 한다
빙하 녹아 바다 높아져서인가
카사노바* 뜨거운 정열 때문인가

수많은 인연 다리로 이어진 섬
쫓기던 사람들 석호 위 화산재로 지은 수상 낙원
노 젓는 화려한 곤돌라 가로줄무늬 청년 콧노래
비발디*의 '봄' 싱그럽게 얹혀온다

멀리 지중해 북쪽 아드리아해*에 노을이 앉는다
리알토 다리* 얹은 소금기 없을 듯한 바다
그래도 불빛 아래 가면* 쓴 갈매기 떼로 날아들고
낡은 창문 틈새 반바지 소녀 손을 흔든다

---

* 말리피에로(Malipiero) : 베네치아 거의 한 가운데 있는 건물로, 카사노바는
바로 여기에서 그가 여자들을 행복하게 하기 위해 태어났다는 것을 처음 깨달았
다고 함.

* 카사노바(Casanova) : 1725-1798 베네치아 출신. 여성편력가로 유명.

* 비발디(Vivaldi) : 1678-1741 베네치아 출신. 4개의 바이올린 협주곡 '사계' 의
작곡가로 유명.

* 아드리아(Adria)海 : 이탈리아 반도와 발칸반도 사이에 있는 바다.
* 리알토(Rialto) 다리 : 베네치아에서 가장 유명한 랜드마크로 본 섬의 대운하를 쉽게 건널 수 있도록 만들어짐.
* 가면(假面) : 베네치아 서민들은 전통적으로 가면놀이를 즐겼으며, 이곳 가면축제가 인기 있음.

초파리 사랑

   – 불가리아 벨리코부르노보에서 루마니아 부카레스트로
가는 국경 검문소에서

집시여인에게 안긴

눈 큰 어린아이 바나나 꼭지 부근

흔들리며 앉아 있다

눈 빨갛게 충혈되도록 시어가는 술 마시고

성즐性櫛* 가지런히 빗겨두었는데

그미 날 찾지 않았다

그저 퇴화하다 남은 한 쌍 날개

떨며 지겹게 세레나데로 보채면

나 사랑하려나

사랑은 시간의 제곱에 반비례하는 것

너 하루 내 십 년

그래도 아직 할 일 많지 않은가

낯선 바람

멀리 다뉴브 강도 보이는데

오늘도 멀리서 온 관광객 따라 흐를 수 없다

* 성즐(性櫛 sex-comb) : 초파리 수놈 앞다리의 첫 발목 마디에는 교미할 때 사용
하는 검은 털이 줄지어 나 있는데 마치 빗을 닮았다 하여 부름.

나와 나의 문학여정

진종한

　연말이면 기웃거리던 신문사 신춘문예도 내려놓고 그동안 마음 속에 품고 있었던 갈증이 해소된 듯하여 기뻤던, 시인詩人이 된 지도 어언 15여 년이 되었다. 그리하여 크게 만족스러운 성취가 없는 나의 삶이었지만 여기에 문학을 얹어 정리해 본다. 미켈란젤로가 말했던가? '그 대리석에 다비드가 아닌 것을 떼어내다 보니 다비드만 남더라.'고… 이 절제미節制美가 좋아 시詩를 좇던 소년이 어느새 노년의 나이가 되었다. 그러나 후회는 하지 않으련다. 아쉬움은 있지만 그래도 열심히 살았다고 자위하련다.

'0810 진종한

129

● 1955년 여양驪陽 진가陳哥의 27대손으로 경남 의령군 부림면 여배리에서 아버지 창수昌秀(1929-2012), 어머니 심순자沈順子(1933-2010) 사이에서 2남3녀 중 장남으로 태어남.

● 1962년 동림東林초등학교에 입학하여 약 2-3km를 걸어서 통학함. '약국손자'(증조부님이 한약국을 운영하셨음) 또는 '스피커쟁이 아들'(아버지께서 유선방송사를 운영)로 불리우며 귀여움을 많이 받았음. 특히 5학년 때 담임이셨던 유정빈 선생님께서 글쓰기 등에 재능이 있다 하며 많은 칭찬과 격려를 해주셨음.

● 1968년 약 7-8km 떨어진 부림면 소재지에 있는 신반新反중학교에 입학. '문예반'과 '미술반'에서 학교 특별활동을 하였으며, 교내 스승의 날 기념 글짓기 대회에서 장원, 교내 반공 포스터 가작, 교내 6·25 글짓기 입선, 그리고 의령청년회의소에서 주최한 고운말 쓰기 작문모집에서 3위를 차지함. 아울러 김수용 교감선생님께서는 2학년 여름방학 때 사택으로 나를 불러 예절과 한자 등을 가르쳐 주셨으며 초등학교 교명으로 '동림東林아!'라고 항상 불러서서 이후 호號가 되어버림. 이 시기에 세계문학전집 등을 많이 읽음.

● 1971년 여러 사정으로 고향을 떠나 대전 중구 부사동

으로 야반도주하듯 이사함. 조부모님과 같이 아홉 식구가 한 방에서 살다시피 함. 가정형편상 재수再修 아닌 재수로 조립식 담장 건설현장에서 작업보조를 하다가 진학을 결심하고 2학기 무렵부터 대전시립도서관에서 독학함.

- 1972년 대전상업고등학교에 입학하였으나 일반고에 진학하지 못한 자책과 주산 등 일부 과목이 적성에 맞지 않아 무척 고생했음. 이후 학교생활에 적응하며 대의원(반장) 활동과 3학년에는 학예부장으로 김종두 선생님을 모시고 교지인 『청원靑苑』을 박찬봉, 허원실, 류인호, 정남출 등과 함께 편집하였고, 박목월 신석정 선생님 등과의 지도를 받기도 하였으며 1973년과 1974년 동아백일장 장원, 대한삼락회 전국 글짓기 장려상 등을 수상하였음.

- 1972년 말 교육행정직 공무원시험에 응시하여 합격하였으나 재학 중이기 때문에 발령을 연기하였고, 이후 서산군교육청 관내 운산초등학교로 발령을 받았으나 여러 형편상 임용을 포기함.

- 1976년 논산훈련소로 군에 입대하여 다음날 제3하사관학교로 차출되어 16주간의 교육(공용화기/박격포 분대장 요원)을 받고 병장으로 그해 12월에 졸업, 20사단으로 배치받아 61연대 작전과에서 근무하다가 1979년에 전역함. 복

무중 『전우신문』에서 주관한 현상공모에 시 「어느 구릉丘陵에서」가 뽑혔고, 1978년 박목월 선생님께서 작고하셨음을 알고도 조문을 드릴 수 없었음. 입대 전에 열심히 모은 전국의 교지校誌들을 보관한다고 묶어놓은 것을 부모님께서 버리는 것으로 아시고 처리해 버려 많이 아쉬웠음.

● 1979년 효성그룹 내 대전공업단지에 소재하고 있는 대성제화(주)에 입사하여 수출입 통관업무를 담당하다가 대학 진학을 위해 1년 후인 1980년 퇴사함. 이곳에서 대전실업대 학보사 편집장이시던 김향국(사내기자)과 같이 근무하면서 시와 수필 등을 사내보社內報에 몇 차례 발표함.

● 1980년 말 대학입학 예비고사에 응시하고 1981년도에 숭전대학교(현 한남대학교) 경영학과에 입학하였음. 재학 중 교지인 『청림靑林』에 시를 발표함.

● 1980년 예비고사 준비 중 한국전력공사 고졸 신입사원 모집에 응시하여 합격, 다음 해인 1981년 연수원 교육 후 충북 영동영업소(현 영동지사)에 배치받아 주경야독함. 같은 해 대전충남본부 영업운영부로 이동되었으며 이후 영업부, 기획관리실, 총무부 등에서 근무함. 1992년 간부가 되어 영동 영업과장, 본부 검사역, 본부 총무과장, 부여 영업과장, 서대전 수금과장, 본부 경영분석과장, 본부 기획관리과장

등으로 일했으며, 2004년 부장 승진 후에는 서대구 영업운영부장, 본부 총무부장, 서천지사장, 청양지사장, 본부 재무자재부장, 예산지사장 등으로 근무하다가 2015년 9월 정년퇴직함. 재직중 사내보인 『월간 한전』에 수차례 시를 발표하였으며, 2006년 『월간 한전』 지령 400호 기념 현상공모에 「함께 가는 길」이 뽑힘.

● 1985년 양은숙과 결혼하여 슬하에 솔과 상회를 두었고, 솔은 2012년 김지환과 결혼하여 다주와 우주를 두었음. 이들은 홍익대학교 시각디자인학과를 같이 나와 (주)제로퍼제로를 운영하고 있음.

● 1999년 모시던 본부장님의 '고졸 입사자는 대학원을 졸업해야 대졸 입사자와 겨룰 수 있다.'는 말에 따라 바쁜 본부 총무과장으로 근무 중에 경희대학교 경영대학원에 입학하여 경영학 석사(공기업 경영) 학위를 받음.

● 2008년 서천지사장 재직시 매일 아침 장항 바닷가 솔밭을 거닐며 느낀 감상들을 모아 『그대 숲에서 바다를 본다』를 시와정신사에서 출간하였음. 김완하 시인(『시와정신』 주간)은 발문에서 '너무나도 섬세한 그의 마음을 읽을 수 있다. 그가 거닐던 숲과 그 너머의 바다 그리고 그가 그리워하던 그미는 이미 우리와 남이 아닌 친근함을 느끼게

해준다. 그만큼 그의 시는 독자들과 잘 연결될 수 있는 것이다. 이 점에서 진종한이 제시해 준 동일성의 시학은 서정시로서의 확실한 면모 보여주었다.'라고 해설해 주었음.

● 2009년 청양지사장 재직시「벚꽃에게」외 4편으로 제14회『시와정신』신인상으로 등단함. 심사위원들은 심사평에서 '진종한의 시는 담담한 목소리와 표정을 가지고 있다. 그의 시는 화려한 시적 수사보다는 체험에 바탕을 둔 잔잔한 서정에서 다가오는 생명에 대한 관심이 정감 있게 펼쳐지는 장점을 가지고 있다. 그에게 마련된 서정의 토대는 앞으로 좋은 서정시에 대하여 기대가 간다. 다만 시적 열정으로 나아가 역동적인 시상과 어조의 변화를 염두에 두면서 활달한 상상력을 펼쳐 주기만을 거듭 당부하고 싶다.'라고 평해 주었음. 이후 청양문학 주최 〈시낭송의 밤〉의 참여와 청양문화원에서 매년 발행하는『칠갑문화七甲文化』에 시와 수필 등을 발표하고 있음.

● 한시漢詩에 대한 관심과 퇴직 이후 학생들에게 한자/한문을 가르치려고 2010년 한자실력급수 1급, 2014년 한자/한문지도사 2급 자격을 취득함.

● 2014년 한국전력과 대전교육청 간 사회공헌 활동의 일환으로 '어린이보호협약'을 체결하고 대전용전초등학

교 '1사1교 학교지킴이' 자매결연을 맺어 한자교실(漢字敎室)을 운영함

- 2013년 계간 화백문학 주관 〈한국시문학상〉을 수상함.

- 2014년 충남시인협회 회원으로 가입, 매년 『포에지』에 시를 발표하고 있음.

- 2019년 한자 공부를 위해 하나둘씩 정리한 고사성어를 2-3년에 걸쳐 완성하여 『고사성어공부故事成語工夫』 1~4 권(약 2,000페이지)을 출간함.

시와정신시인선 51

그미

ⓒ진종한, 2024

초판 1쇄 ㅣ 2024년 3월 20일

지 은 이 ㅣ 진종한
펴 낸 곳 ㅣ 시와정신사
주   소 ㅣ (34445) 대전광역시 대덕구 대전로1019번길 28-7, 2층
전   화 ㅣ (042) 320-7845
전   송 ㅣ 0504-018-1010
홈페이지 ㅣ www.siwajeongsin.com
전자우편 ㅣ siwajeongsin@hanmail.net

공 급 처 ㅣ (주)북센 (031) 955-6777

ISBN 979-11-89282-59-2   03810

값 10,000원